Catalogação na Fonte
Elaborado por: Josefina A. S. Guedes
Bibliotecária CRB 9/870

Machado, Rosemeri
M149m O mundo de Kira: a origem / Rosemeri Machado, Luis Antônio Braiz.
2023 1. ed. – Curitiba : Appris, 2023.
32 p. : il. color. ; 21 cm.

ISBN 978-65-250-4998-4

1. Literatura infantojuvenil. 2. Magia 3. Amor. 4. Estrelas.
I. Braiz, Luis Antônio. II. Título.

CDD – 028.5

Editora e Livraria Appris Ltda.
Av. Manoel Ribas, 2265 – Mercês
Curitiba/PR – CEP: 80810-002
Tel. (41) 3156 - 4731
www.editoraappris.com.br

Printed in Brazil
Impresso no Brasil

Rosemeri Machado
e Luis Antônio Braiz

O Mundo de Kira
a origem

Appris editora

FICHA TÉCNICA

EDITORIAL	Augusto Vidal de Andrade Coelho Sara C. de Andrade Coelho
COMITÊ EDITORIAL	Marli Caetano Andréa Barbosa Gouveia (UFPR) Jacques de Lima Ferreira (UP) Marilda Aparecida Behrens (PUCPR) Ana El Achkar (UNIVERSO/RJ) Conrado Moreira Mendes (PUC-MG) Eliete Correia dos Santos (UEPB) Fabiano Santos (UERJ/IESP) Francinete Fernandes de Sousa (UEPB) Francisco Carlos Duarte (PUCPR) Francisco de Assis (Fiam-Faam, SP, Brasil) Juliana Reichert Assunção Tonelli (UEL) Maria Aparecida Barbosa (USP) Maria Helena Zamora (PUC-Rio) Maria Margarida de Andrade (Umack) Roque Ismael da Costa Güllich (UFFS) Toni Reis (UFPR) Valdomiro de Oliveira (UFPR) Valério Brusamolin (IFPR)
SUPERVISOR DA PRODUÇÃO	Renata Cristina Lopes Miccelli
PRODUÇÃO EDITORIAL	Nicolas Alves
REVISÃO	Gustavo Vidal e Alana Cabral
DIAGRAMAÇÃO	Renata Cristina Lopes Miccelli
CAPA	Sheila Alves
ILUSTRAÇÃO	Camilly E. A. Oliveira

SUMÁRIO

CAPÍTULO 1

INTRODUÇÃO

Mistério, silêncio, luz, amor e magia!

Assim começou, a origem de tudo.

Era uma vez, num tempo tão tão distante...

Havia um lugar escondido muito além das galáxias.

E nesse lugar há um planeta tão diferente que seria quase impossível de se imaginar.

E nesse planeta existem seres mágicos, diferentes de todos os seres espalhados pelo universo.

E a seguir, vou contar a vocês o porquê este planeta e esses seres são tão especiais e misteriosos.

CAPÍTULO 2

O PLANETA AMORION

A nossa viagem então começou, e depois de atravessarmos por um oceano de estrelas, por fim começamos a avistar o grande planeta mágico.

No início parecia um sonho, quanto mais nos aproximávamos, mais lindo se tornava.

E esse tão lindo planeta possui um nome um tanto estranho, ele se chama Amorion.

Amorion?

Sim! Se chama Amorion.

Neste planeta foi onde nasceu o amor, a esperança, a magia e a bondade de todos os corações do universo. E mesmo tão distante, o planeta Amorion é bastante parecido com a Terra.

O planeta Amorion é muito lindo, possui montanhas de cristais e árvores-brancas, também vários animais semelhantes aos que convivemos.

Os animais conseguem se comunicar e são muito inteligentes, ajudam a cuidar e proteger.

O céu de Amorion possui sete luas. Luas douradas, prateadas, coloridas e cintilantes, também possui milhões de estrelas muito diferentes, até mesmo durante o dia é possível avistar cada estrela e cometas, tornando esse céu único e especial.

Há também um grande mistério no céu deste planeta: em noites de lua cristalizada, seres místicos voadores passeiam entre as nuvens, dançando e cantando músicas angelicais, como se fossem fantasmas de luz.

Esses seres são de outras galáxias distantes e são enviados por outros seres mágicos, muito mais antigos e poderosos, para presentear e alegrar ainda mais os amorianos. E apenas os seres de bom coração conseguem ver e ouvir aqueles incríveis espetáculos celestiais dos fantasmas de luz.

CAPÍTULO 3

OS SERES DE LUZ

Agora que já conhecem sobre o planeta Amorion, vou contar a vocês um pouco mais sobre quem eram os habitantes amorianos.

Seres de luz, ou seres cristais, habitantes do planeta Amorion.

São seres de muita bondade, amor, sabedoria, magia e muita luz. Como grandes vagalumes, cada ser amoriano libera do seu coração uma luz muito forte, às vezes branca, às vezes dourada e às vezes, para aqueles amorianos mais poderosos, o seu brilho é da cor violeta.

Os amorianos são seres muito antigos, imortais e, como a magia faz parte de suas vidas, todos eles possuem grandes poderes místicos.

Podem voar, curar, ensinar, controlar o espaço e o tempo, além disso eles podem se transformar em qualquer coisa que quiserem.

E naquele universo os amorianos são muito importantes, eles são os responsáveis tanto por cuidar das estrelas como também por criar as almas dos seres que ainda vão nascer em outros planetas.

Quando os amorianos estão livres, eles costumam estudar o céu, observar as estrelas, as galáxias e principalmente estudam como todos os seres dos outros planetas se comportam.

CAPÍTULO 4

O MISTÉRIO DA ESTRELA

Em uma noite estrelada, um jovem amoriano, chamado de Órion, estava observando as estrelas através dos seus cristais mágicos como se fossem janelas gigantes para ver o universo.

E, de repente, houve uma grande explosão no céu e uma estrela brilhou mil vezes mais do que a lua dourada de Amorion.

Nesse momento, Órion um tanto assustado, porém muito curioso, fechou os olhos e usou a sua magia para descobrir o que era aquele brilho, mas mesmo com tamanho poder que ele possuía, não foi o suficiente para descobrir. Porém, conseguiu sentir profundamente em seu coração que naquela estrela havia muitas vidas, muitas almas e muitos seres precisando de paz e amor.

Órion lembrou naquele momento que quando era pequeno o seu bisavô, chamado de Aruna, contou uma história para ele.

Que se um dia algum amoriano precisasse ficar mais forte e enxergar além das estrelas, seria necessário usar um cristal sagrado, fonte de muita energia, muito poderoso, o qual ficava guardado dentro de uma montanha enfeitiçada e cheia de cristais antigos. Essa montanha ficava mais ao norte, logo depois do terceiro pôr do sol.

E, principalmente, que apenas um amoriano de profunda pureza e bondade poderia ativar os poderes místicos do cristal sagrado.

Órion foi então correndo para contar aos seus irmãos amorianos o que tinha visto no céu, e todos foram com ele até a montanha enfeitiçada em busca do poderoso cristal sagrado.

Quando eles chegaram perto da montanha enfeitiçada, uma voz misteriosa vinda do céu disse a eles:

"Meus filhos amorianos, um novo universo despertou. Dentro dele existem milhões de planetas e entre eles há um planeta chamado Terra.

E esse planeta chama por vocês. Os habitantes precisam de luz, de amor e de muita magia para reanimar seus corações e suas almas.

Entrego a vocês o cristal sagrado e com ele poderão ver mais a fundo o coração dos humanos e entender o que eles realmente precisam.

E com esse cristal sagrado vocês vão conseguir criar um novo exército de seres de luz, que irão enviá-los para todos os planetas que precisarem de amor e magia."

Então, uma luz imensa emergiu da montanha enfeitiçada e um grande portal se abriu. Lá estava o poderoso cristal.

CAPÍTULO 5
O NASCIMENTO DE KIRA

Após os amorianos terem recebido o cristal sagrado, foram para o alto da montanha enfeitiçada. O cristal mostrou a eles todos os planetas de um novo universo e com eles estava o nosso pequeno e azul planeta Terra.

Foram então para uma outra montanha, chamada de A Montanha da Criação, pois era neste lugar que seriam criados os novos seres de luz, para serem enviados na grande missão.

Como eram muitos planetas que precisavam de ajuda, a cada dia que passava os amorianos criavam um novo ser de luz. No sétimo dia, seria o momento da criação do ser de luz que seria enviado para o planeta Terra.

Então chegou o sétimo dia e o sol dourado brilhou fortemente no planeta Amorion, e todos os antigos seres amorianos foram para a montanha da criação.

Entraram, despertaram novamente a magia do cristal sagrado e com tamanha luz e poder, o cristal abriu um novo portal e foi deste sétimo portal que surgiu um novo ser de luz, porém este ser parecia diferente, era brilhante como o sol e sua magia era muito mais forte do que as dos outros seres ali criados, ela recebeu o nome de Kira (que significa brilho e luz).

Como Kira seria enviada para a Terra, ela precisou assumir a forma humana, mas dentro dela continuava sendo um ser de luz, cheio de magia.

Então, durante muito tempo Kira foi preparada e aprendeu a controlar os seus poderes, seus sentimentos e emoções e a entender que faria uma grande viagem pelas estrelas, até chegar em uma galáxia chamada Via Láctea e nesta galáxia haveria um planeta chamado Terra, o qual Kira não apenas iria cumprir com sua missão de levar a luz, o amor e a magia, mas também iria recriar no planeta Terra o mundo mágico de Amorion.

CAPÍTULO 6

A VIAGEM PELAS ESTRELAS

Chegou o dia!!!

Kira estava muito nervosa, por ser sua primeira viagem pelas estrelas até a Terra e também muito feliz por ir morar em seu novo planeta, junto dos seres humanos, onde faria muitos amigos e muitos aprendizes de sua magia e bondade.

Como o último ensinamento do seu treinamento, o criador de Kira, o amoriano Órion, chamou Kira e lhe disse:

"Kira, minha filha.

Filha de Amorion. Ser de luz e magia. Filha da montanha sagrada.

Você foi escolhida e será enviada para a Terra nesse momento, dentro de um grande cometa.

Vai viajar pelas estrelas e quando chegar na Terra terás uma grande missão, terás um papel muito importante na vida dos seres humanos.

No início poderá ser difícil, pois será diferente entre as pessoas.

Vai amar, se emocionar, sentir as emoções de uma forma que muitos não entenderão.

Mas no final conseguirá, conquistará e todos caminharão com você em direção ao amor.

Vai criar um novo mundo na Terra

E vai se chamar o Mundo de Kira.

Irá despertar a bondade, o amor, a magia e a esperança em cada alma e em cada coração.

E com a tua luz e imaginação vai conduzir e iluminar o caminho da raça humana, das crianças e dos adultos, mostrando que podem se tornar algo muito melhor.

Mostre a magia a todos, torne a Terra um mundo melhor, um paraíso mágico assim como é em Amorion.

Sigas teu coração.

Realize os teus maiores sonhos, faça da esperança humana a tua força.

Fortaleça a tua magia, no olhar de cada criança.

E nós, os amorianos, estaremos sempre com você!"

CAPÍTULO 7

A MISSÃO

Kira perguntou se o Sr. Coruja poderia acompanhá-la nessa missão, já que ele esteve com ela durante todo seu treinamento e seria de grande ajuda, já que os animais em Amorion são muito inteligentes e podem falar. Ele também teve que assumir a forma humana para acompanhá-la. E muito feliz por ter a companhia e apoio do seu amigo nesse mundo novo, embarcaram em um grande cometa, viajando pelas estrelas. A viagem para a Terra parecia não ter fim, pois realmente era muito longe, e Kira teve que ouvir o Sr. Coruja reclamando o tempo todo pela tamanha distância.

Por fim chegaram. Com a ajuda dele, ela criou a O Mundo de Kira, aos poucos foi conquistando os humanos, mostrando o melhor de seus corações. Ensinou as crianças a sonhar, respeitar e amar uns aos outros.

O grande desafio é fazer com que as pessoas nunca percam a magia que existe dentro de todos nós. A cada dia que passa, Kira aumenta mais seu exército que sonha e acredita no seu propósito, na sua turma tem Sr. Coruja, Bananinha, Uvinha, Babalu e muitos outros que estão dispostos a tornar a Terra um lugar melhor.

E mesmo que às vezes a maldade apareça, Kira nunca deixa de acreditar que o amor é maior e mais poderoso, que a bondade sempre vence, e que ela e sua turma estarão sempre prontos para espalhar amor e alegria por onde passarem.

Que barulho é esse?
Kira acordou assustada e levantou bem devagarinho... será esse o começo de uma nova aventura?

PARA COLORIR!